vliegveld

taxibaan

instaphal

BIBLIOTHEEK BREDA
Wijkbibliotheek Teteringen
Scheperij 13
tel. 076 - 5878911

passagiers

bagage

D1439003

piloot

De twee Linda's

AVI: 5

Leesmoeilijkheid: Eenvoudige leenwoorden

Thema: Persoonsverwisselingen

Zwijsen

Elisabeth Marain
De twee Linda's

met tekeningen van Saskia Halfmouw

BIBLIOTHEEK‹BREDA
Wijkbibliotheek Teteringen
Scheperij 13
tel. 076 - 5878811

Bikkels

1. Het vertrek

Linda's opa en oma wonen in Quebec,
een stad in Canada.
Elk jaar gaat Linda met haar ouders bij hen op bezoek.
Of oma en opa komen naar Nederland.
Linda vindt het jammer dat ze hen zo weinig ziet.
De afstand is groot met zo'n oceaan tussen hen in.
Maar elke dag sturen ze mailtjes naar elkaar.
Daarin schrijven ze elkaar alles.
Het is net of ze goede buren zijn.

Dit jaar reist Linda alleen naar Quebec.
Haar ouders kunnen niet mee.
Alleen reizen vindt Linda heel erg eng.
Ze is bang om op het verkeerde vliegtuig te stappen.
Of om in het verkeerde land aan te komen.
Haar vriendin Hanna lacht haar hierom uit.
Zij is zo'n type dat alles durft.
Ook papa en mama vinden dat Linda overdrijft:
'Je moet niet zeuren, Linda.
Er zal immers niets gebeuren.
Een hostess zorgt voor je.
Ze gaat met je mee tot in de aankomsthal.
Daar wachten oma en opa je op. Goed?'
Aan het woord is mama, of papa.
Linda weet het niet meer.

Ze staat te springen van de spanning.
Ze ploft haast uit elkaar.
Ze denkt dat ze flauw gaat vallen.
Haar gezicht gloeit.
Misschien wordt ze wel ziek.
Nee! Dat wil ze niet!

'Waar is je rugzak?'
De stem komt van heel ver.
Iemand streelt haar krullen.
Iemand knijpt speels in haar wang.
Iemand geeft haar een por in haar zij.
'Kom, het is tijd.
We moeten gaan.
Heb je het cadeau voor oma?
En dat voor opa?
Vergeet je niets, Linda?
Heb je je hoofd en je armen?
Heb je je benen en je rug?
Heb je alles?'
Linda kan er niet om lachen.
Ze neemt plaats op de achterbank van de auto.
'Dag huis!'
Een maand lang zal Linda het niet zien.
Een maand lang zal ze ook Hanna niet zien.

In de vertrekhal van het vliegveld is het druk, druk.

Overal waar Linda kijkt, ziet ze mensen.
Ze sleuren met koffers.
Ze staren naar het bord met de tijden.
Ze zitten op banken en wachten.
Of ze liggen languit te slapen tussen hun tassen.
Dan is het net of Linda droomt.
In de verte komt een meisje aan.
Het is Hanna!
Linda en Hanna rennen naar elkaar toe.
'Mag je mee naar Canada!' roept Linda blij.
De moeder van Hanna lacht vrolijk.
'Een volgend keertje, misschien, Linda.
We zijn met de tram gekomen om afscheid van je te nemen.'

Nog wat later komt er een hostess bij Linda staan.
'Hallo, Linda!
Ik ben Moniek en ik ga voor je zorgen.
Heb je geen bagage bij je?
Alleen die rugzak?'
Linda knikt verstrooid.
Veel van haar spullen zijn bij opa en oma.
'Het is tijd om naar de instaphal te gaan,' zegt Moniek.
'We moeten afscheid nemen!'
Linda kijkt mama en papa aan.
Ze kijkt Hanna en haar moeder aan.
'Niet weggaan! Niet weggaan!' smeekt ze bij zichzelf.

Samen lopen ze tot aan de paspoortcontrole.
Die is er alleen voor de reizigers.
Verder kunnen papa en mama niet mee.
Linda krijgt een pakkerd van mama.
En nog een van papa.
Hanna geeft Linda een zoen.
'We mailen elkaar,' belooft ze.
'Goed voor haar zorgen!' zeggen papa en mama tegen
Moniek.
Dan gaan ze.
Linda draait zich om en wuift hen na.
Ze heeft tranen in haar ogen.
Papa, mama en Hanna wuiven terug.
Ze wuiven tot ze elkaar niet meer zien.

Linda en Moniek moeten ook nog door de controle van
de veiligheid.
Zijn er nergens bommen verstopt?
Als dat achter de rug is, gaan ze naar de instaphal.
Dat is een hele afstand.
Die leggen ze op een rolpad af.
Dat is een soort glijdend trottoir.

De instaphal loopt langzaam vol.
Linda gaat eerst nog naar het toilet.
Daarna komt ze naast Moniek zitten.
Op een scherm staat het nummer van de vlucht.

Er staat ook op hoe laat het vliegtuig vertrekt.
En ook de bestemming.
Dat is waar ze heengaan.
Quebec. Canada.

Door het raam ziet Linda heel veel vliegtuigen.
Er zijn er die wachten op de passagiers.
Of die langzaam rijden naar de taxibaan.
Daar nemen ze een aanloop naar de wolken!
Met veel kabaal stijgen ze op.
Linda kijkt ernaar.
Haar hart klopt wild.
Ze vindt het heel spannend.

In de hal klinkt een stem:
'De mensen voor Quebec moeten nu aan boord.'
'Dat zijn wij!' roept Linda luid.
Moniek knikt lachend.
Ze schuiven aan in een lange rij.
Ze geven hun ticket af.
Daarna lopen ze door een soort slurf.
Aan het eind ervan is een gat.
Het is net de muil van een monster.
Dat monster is het vliegtuig.
Moniek laat zien waar Linda's plaats is.
Alles gaat vanzelf.
'Straks kom ik naast je zitten,' zegt Moniek.

Linda is niet langer bang of nerveus.
Alleen op reis!
Ze vindt zichzelf wel stoer.

2. Aankomst in Quebec

Het vliegtuig is veilig geland in Quebec.
Linda's bagage hoeven ze niet af te halen.
Alles zit in haar rugzak.
Die heeft ze gewoon bij zich.
De cadeaus voor oma en opa zitten er ook in.
Dat vindt Moniek wel handig.
Zo komen ze sneller in de aankomsthal.
Linda denkt maar aan één ding:
'Zullen opa en oma er wel zijn?'
Moniek neemt grote stappen.
Linda moet rennen om haar bij te houden.
De deur naar de hal schuift open.
Oei! Wat zijn daar veel mensen!
Van de spanning knijpt Linda in Monieks hand.
Snel kijkt ze van links naar rechts.
En van rechts naar links.
Ze ziet haar opa en oma niet.
Linda kijkt nog eens heel goed.
Niemand.
Geen opa, geen oma.
Er zit een schreeuw in haar keel.
Ze kijkt nog eens en nog eens.
'Heb je ze al gezien?' vraagt Moniek.
Linda schudt heftig van nee.
'Ik blijf bij je, wees maar niet bang.

Het vliegtuig is iets te vroeg geland.
Misschien zitten ze vast in het verkeer.'
Dat zal het zijn!
Opa en oma zijn nog op weg naar haar.
Linda is niet langer bang.
Dan zegt Moniek opeens:
'Jij heet toch Linda Soete?
Kijk, daar!'
Ze wijst naar een mevrouw.
Het is oma niet.
Die mevrouw houdt een bord omhoog.
Er staat in grote letters op:
LINDA S.
'Zou jij dat kunnen zijn?'
Voor Linda valt dit lelijk tegen.
Ze had oma en opa verwacht, geen mevrouw die ze niet
kent.
'Kom, we gaan er samen naartoe,' stelt Moniek voor.
'Hoeft niet,' zegt Linda.
'Ik ga wel alleen.'
'Zeker weten?'
Moniek klinkt opeens gehaast.
'Ja hoor,' zegt Linda.
'Ik spreek toch ook Frans?
Dat heb ik bij opa en oma geleerd.'
Moniek gaat toch nog even mee.
'Dag Linda,' begroet de mevrouw haar.

'Waar zijn opa en oma?' vraagt Linda.
'Daar hebben ze me niets van gezegd,'
mompelt de mevrouw.
'Is het zo in orde dan?' vraagt Moniek.
'Zeker, zeker,' zegt de mevrouw.
Ze doet het bord weg.
'Kom, meisje, we gaan!'

3. Een rare rit

De mevrouw bestuurt een jeep.
Ze zegt niet veel.
Dat vindt Linda wel best.
Ze heeft het te druk met denken.
Waarom zijn oma en opa er niet zelf?
Zitten ze écht vast in het verkeer?
En deze mevrouw dan?
Hoe kon zij dat weten?
Opa en oma hebben haar vast gebeld.
Of hebben ze een verrassing voor haar?
Wat zou dat dan zijn?
Linda heeft geen idee.
Ze wordt moe van al die vragen.
Zonder het te willen valt ze in slaap.

Opeens schrikt Linda wakker.
Waar is ze?
Is ze al in Quebec?
Wat doet ze in die jeep?
Hoelang zijn ze al aan het rijden?
En wie is die mevrouw aan het stuur?
Linda grijpt naar haar hoofd.
Er zitten veel te veel vragen in.
'Gaat het, meisje?' vraagt de mevrouw.
Linda vindt dat 'meisje' niet leuk klinken.

Maar ze laat hiervan niets blijken.

Ze knikt en gaapt lang en luid.

Daarna staart ze door het raampje naar buiten.

Het landschap herkent ze niet.

Opeens slaat de schrik haar om het hart.

Dit is niet de weg naar oma's huis!

Linda spert haar ogen open.

De mevrouw heeft het gezien.

'Rijd ik te snel?'

'Dit is niet de goede weg,' stottert Linda.

'Je bent nog niet goed wakker, meisje.'

De mevrouw lacht luid.

Dit stelt Linda heel even gerust.

'Ik denk dat ik maar weer ga slapen,' zegt ze.

'Doe dat,' zegt de mevrouw.

Linda sluit haar ogen, maar slapen doet ze niet.

Ze piekert over de verrassing.

Oma en opa doen wel vaker vreemde dingen.

Het is alleen nooit iets om bang voor te zijn.

'Ben ik bang?' vraagt Linda zich af.

'Een beetje wel,' antwoordt ze zichzelf.

'Dit is toch een heel rare rit.'

De jeep neemt een scherpe bocht.

Linda valt boem, tegen de wand.

'O, excuus!

Ik heb je toch geen pijn gedaan?

Dat wou ik niet!'

De mevrouw trekt een raar gezicht.
Het lijkt wel of zij ook ergens bang voor is.

4. Boven op het rotsplateau

Linda gaat weer recht zitten.
Haar rugzak is tussen haar voeten gevallen.
Ze wil hem pakken, maar de jeep staat met een ruk stil.
Wat nu weer? denkt ze.
De mevrouw zet de motor af.
Snel springt ze uit de jeep.
Ze loopt naar Linda's deur.
Van dichtbij lijkt ze op een heks.
Haar haar zou wel wat gel kunnen gebruiken.
'Kom, meisje.
Eruit!'

Ze staan op een leeg veldje.
Er is niemand te zien.
'Waar zijn we?' vraagt Linda verbaasd.
'Er is iets mis met je geheugen, meisje.
Daar zou ik maar eens wat aan doen!'
Linda kijkt goed om zich heen.
Nu weet ze het zeker.
Dit is de verrassing.
Nu komen opa en oma eraan!
Snel doet ze haar rugzak om.
Met kloppend hart wacht ze hen op.
Er loopt een jogger langs.
Geboeid kijkt Linda naar hem.

Opa jogt ook altijd.
Dat geeft haar een vertrouwd gevoel.
In de lucht hoort ze geronk.
Het geronk komt nu heel dichtbij.
Linda kent dat geluid.
Ze heeft het eerder gehoord.
'Te gék!' mompelt ze.
'Opa en oma komen me hier halen.
Met de helikopter nog wel!'

Er ontstaat een felle wind.
De mevrouw drukt Linda tegen de jeep.
Dan zet de helikopter zich aan de grond.
De bladen blijven langzaam draaien.

De piloot duwt de deur open.
Hup, een sprong.
Gebukt rent hij naar de jeep toe.
Hij wisselt een paar woorden met de mevrouw.
Hij schreeuwt boven de herrie uit.
Linda begrijpt er niets van.
Bang kijkt ze naar het toestel.
Waar blijven oma en opa?
O, dat klopt, dat gebukt lopen is niets voor hen.
Ze wachten haar vast op in het toestel.
Linda popelt om hen te mogen zien.
Dit is echt de mooiste verrassing ooit!

Dat moet ze naar papa en mama mailen.

De mevrouw neemt afscheid.
Verstrooid knikt Linda haar toe.
De piloot neemt haar bij de arm.
'Vooruit!' schreeuwt hij in haar oor.
In één ruk rennen ze naar de deur.
Hij geeft haar een duwtje.
Pats! Languit valt Linda naar binnen.
Achter haar bonkt de deur dicht.
De piloot helpt haar omhoog.
Hij laat haar zien waar ze mag zitten.
Dan verdwijnt hij achter de stuurknuppel.
Meteen daarna stijgt de helikopter op.
Linda heeft niemand anders gezien.
Ze wrijft in haar ogen.
Dan kijkt ze nog eens rond.
Nog altijd zijn oma en opa er niet.
Ze is te verbaasd om paniek te voelen.

Het is geen lange vlucht.
Ze toeren boven een bos.
Daarna vliegen ze boven een rotsplateau.
Daar staat een enorm huis.
Het is enorm groot en enorm eenzaam.
Linda denkt dat ze verder zullen vliegen.
Maar dan ziet ze een plat dak.

Er staan tekens op geverfd.

Het is een plaats om te landen.

De helikopter zakt trillend.

Het stof stuift in alle richtingen weg.

De bladen blijven ook dit keer draaien.

De piloot helpt Linda uit het toestel te stappen.

'Rennen!' schreeuwt hij.

Hijzelf stapt meteen weer in, stijgt op en verdwijnt.

Linda snapt er niets van.

Het gebeurt allemaal zo snel.

Daar staat ze, heel alleen op het dak.

Op het geronk van het toestel na, is het stil.

Ze ziet een brede, stenen trap.

Die leidt naar een lager niveau.

Ze besluit die trap te nemen.

5. Oma en opa, kom tevoorschijn!

De trap komt uit in een tuin met muren erom.
Linda neemt de treden twee voor twee.
In een wip staat ze aan het einde van de trap.
Ze is nog altijd heel alleen.
Ze kijkt om zich heen.
Er is een zwembad met rondom een groot terras.
In het huis zitten veel glazen deuren.
Die staan allemaal open!
Toch is er niemand te zien.
'Dit is wel een heel raar hotel,' mompelt Linda.
'Er zit niet eens een restaurant bij.'
Maar ze heeft nóg een idee:
Opa en oma hebben het hotel gehuurd.
Alleen voor hun drieën!
Maar waarom dan?
Ze is toch niet jarig?
En oma en opa zijn ook niet jarig.
Wat willen ze dan vieren?

Linda loopt rond het zwembad.
Ze trekt haar ene schoen uit.
Daarna steekt ze haar grote teen in het water.
Het voelt lekker aan.
Zal ze een duik nemen?
Nee, toch maar liever niet.

Aan de overkant van het zwembad staat een skateboard.
Het lijkt haar board wel.
Ze loopt verder met één schoen aan.
De andere houdt ze in haar hand.
Zo loopt ze hinkend rond het zwembad.
Steeds kijkt ze om zich heen.
Niemand, niemand, niemand te zien.
Als ze bij het skateboard is, ziet ze dat het niet van haar is.
Zuchtend trekt ze haar schoen weer aan.
Dan stapt ze het huis binnen.
Maar ook daar is niemand.
Linda ploft in een van de stoelen.
Daar gaat ze zitten om na te denken.

Opa en oma hebben zich vast verstopt.
Maar waar dan?
Er zijn zo veel kamers.
Overal ziet ze trappen.
En wat is ze moe van de reis.
Nu is ze ook nog moe van het denken.
In het huis van oma en opa heeft ze een kamer.
Die is voor haar alleen.
Met haar spullen en haar speelgoed.
Het liefst was ze nu daar.
Dit hotel vindt ze maar niets.
Ze hoeft geen zwembad.

Ze wil oma en opa, nu meteen.
Ze kan niets meer vinden.
Of het dit is, of dat.
En waarom zus, of waarom zo.
De verrassing is eraf.
Jammer voor oma en opa.
Willen ze haar niet heel snel zien?
Linda springt op uit de leunstoel.
Ze loopt naar de eerste de beste deur.
Die duwt ze open.
Ze komt in een heel grote hal.
Er zijn van die brede trappen.
Boven is een lange gang.
Uit alle macht roept ze: 'Opááá! Omááá!'
Haar stem galmt door het huis.
'Opááá! Omááá! Laat je zien!'
Ze wacht met kloppend hart.
Er gaat piepend een deur open.
Linda glimlacht.
Dit wordt een héél mooi, een héél blij weerzien!

6. O, O! hier klopt iets niet!

Vol spanning kijkt Linda omhoog.
Ze glimlacht breeduit.
Stappen komen heel dichtbij.
Het zijn de stappen van een man.
Hij hangt nu over de leuning.
'Hoi, Linda!' roept hij blij.
De glimlach op het gezicht van Linda verdwijnt.
Die man is opa niet.
Hoe komt het dat hij haar kent?
Zwijgend tuurt ze naar hem.
'Linda?'
Hij loopt bonkend de trap af.
Boem. Boem. Boem.
Bij elke 'boem' wordt Linda iets banger.
De man staat nu vlak voor haar.

Eerst ziet hij wit, dan rood.
Linda weet niet waar ze moet kijken.
'Wat-is-dit!' brult de man.
Zijn spuug spettert in haar gezicht.
Snel zet ze een stapje naar achter.
Tot ze met haar rug tegen een dressoir staat.
Verder kan ze niet.
De man blijft maar verder brullen.
'Zoltan! Oscar! Beau! Emie!'

Opeens begint het huis te leven.

Deuren gaan open en slaan weer dicht.

Drie mannen en een vrouw komen snel de hal in.

Allen kijken ze naar Linda.

Ze kijken naar haar alsof ze een spook is.

'Wie heeft deze grap uitgehaald?' brult de man.

'Waar-is-de-echte-Linda?'

Niemand kan daar antwoord op geven.

De man wijst met bevende vinger naar Linda.

'Hoe-kom-jij-hier?'

'Met de helikopter!'

'De ónze?'

'Dat weet ik niet,' zegt Linda verbaasd.

'Hij kwam aan na de rit met de mevrouw.'

'Hoe heet die mevrouw?'

'Dat heeft ze niet gezegd.'

De vrouw die Emie heet, zegt bang:

'Ik heb Madame Plumeau gestuurd, meneer Sabo.

Lora was ziek.'

'Hoe durf je!' brult haar baas.

'Die Plumeau heeft Linda nog nooit ontmoet!'

'Daarom heb ik haar eerst een foto laten zien.

Ik heb haar ook nog dat bord gegeven,' stamelt Emie.

'Dat klopt!' zegt Linda.

'Er stond Linda S. op.'

'Linda S.?' roept de baas.

'Waarom niet voluit: "Linda Sabo?"

'Voor de veiligheid, meneer Sabo,' stottert Emie.

'Je had Lora moeten sturen, dat is veilig!'

'Maar die is ziek, boss.'

'Dan had ze tóch moeten gaan.

HOOR JE ME?

Dan had ze tóch moeten gaan.

Misschien is Linda wel ontvoerd!

Wat moeten wij met dit kind?'

Meneer Sabo is zo driftig dat hij Linda een duw geeft.

Ze wankelt, maar blijft flink staan.

'Ik wil naar opa en oma!'

'Jij hebt niets te willen,' snauwt Sabo.

'Jij blijft hier, tot mijn dochter terecht is.

Sluit haar op!

Wacht!

Hoe heet jij?'

'Linda, meneer.

Linda Soete.'

'Hoe? Wat?'

Linda wil het op een lopen zetten.

Ze kan alleen nergens heen.

'Linda Soete, meneer,' herhaalt ze snikkend.

'Sluit haar op in Linda's kamer!' beveelt Sabo.

Hij denkt even na.

'En geef haar een croissant.

Ja, jij, Emie!

Zorg voor haar tot mijn kleine Linda terecht is.

Daarna ontsla ik je!
Zoltan!' brult hij.
Drie mannen snellen hem te hulp.

7. Een kamer met geheimen?

Ruw wordt Linda in de kamer geduwd.
Daarna gaat de deur drie keer op slot.
Ze heeft het geteld:
Een, knars. Twee, knars. Drie, knars.
Linda ziet een bed, een kast, een bureau.
Ze ziet foto's aan de muur.
Op de grond liggen barbies.
Ze ziet ook een stapel strips.
Er is een cd-speler en zelfs een tv.
Op het bureau staat een computer.
Linda is doodmoe.
Ze heeft zin om te huilen.
Ze mist papa en mama en oma en opa.
Niemand weet waar ze is.
Wat zullen oma en opa doen?
Zullen ze naar het politiebureau gaan?
Bellen ze papa en mama?
Zullen ze alles doen om haar, Linda Soete, te vinden?
Sabo is niet zomaar een man.
Linda is er zeker van: hij is een gangster.
Dit huis is zijn basis.
De drie mannen en Emie zijn zijn helpers.
Linda Sabo is een gangsterkind.
Wat zullen ze met haar doen, als ze de andere Linda niet vinden?

Linda gooit zich op het bed.

Linda Sabo's bed.

Ze huilt.

Linda Soete huilt.

Het bed schudt ervan.

De muren schrikken ervan.

Maar dan denkt ze:

Liever hier vastzitten dan in een kelder.

Of in een kast.

Of in een grot, ergens diep in de rotsen.

Ze houdt op met huilen en gaat rechtop zitten.

En nog wat later loopt ze alweer rond.

Ze besluit de kamer te doorzoeken.

Misschien ontdekt ze wel een geheim.

Dat wil ze snel te weten komen.

Ze is nieuwsgierig naar de andere Linda.

Dat wil ze alleen niet toegeven.

Linda verstijft bij een van de foto's.

Ze ziet een meisje dat op haar lijkt.

Ze heeft haar leeftijd en haar krullen.

Haar mond lacht op haar manier.

Maar ze is ook anders: wild, brutaal.

Ze is zoals Linda soms wil zijn, maar niet durft.

Linda staat lang stil bij de foto.

Ze staart naar Linda Sabo.

Het kind van een gangster.

Waar is ze nu?

Hebben ze haar écht ontvoerd?

Zij zal vast niet bang zijn.

Een gangsterkind is zulke dingen gewend.

Linda loopt weg van de foto.

Ze gaat aan het bureau zitten.

Lang staart ze naar de computer.

Zou Linda Sabo wel eens on line gaan?

Als dat zo is, heeft ze geluk.

Maar net nu morrelt iemand aan de deur.

Linda schrikt en springt snel op.

Ze loopt naar het midden van de kamer.

Daar blijft ze staan.

Met grote ogen kijkt ze naar de deur.

Die gaat langzaam open.

De gangster, meneer Sabo, komt binnen.

Ze houdt haar adem in.

Misschien is zijn dochter terecht!

8. De ondervraging

'We moeten praten,' zegt meneer Sabo kortaf.
'Ga daar maar zitten.'
Hij wijst naar het bed van zijn dochter.
Linda neemt plaats.
Ze kijkt Sabo recht aan.
Dat kost haar moeite.
Ze heeft zijn wapen gezien.
Dat steekt achter Sabo's riem.
Er kan mij niets gebeuren, denkt ze.
Ik lijk te veel op haar.
Op die andere Linda.
Op de gangsterdochter.
Hij zal mij geen kwaad doen.
Hij houdt toch van haar.
Ze glimlacht en kijkt de gangster aan.

'Ik wil weten voor wie je werkt.'
Sabo kijkt Linda streng aan.
Linda begrijpt er niets van.
Ze is te verbaasd om antwoord te geven.
'Ik wacht,' zegt Sabo ruw.
Linda schudt haar hoofd.
'Ik ga naar mijn oma en opa toe.
Die wachten nu op mij.
Ze weten niet eens waar ik ben!

Ik ben pas negen jaar!'
Sabo is niet onder de indruk.
'Je hebt je lesje wel geleerd, niet?
Ik wil nú een antwoord!'
Sabo praat steeds harder.
Linda bijt op haar lip.
Van haar glimlach blijft niets meer over.
'Het is zo,' zegt ze.
Ze doet haar best flink te klinken.
'Ik ga op bezoek bij oma en opa.
Ik kom uit Nederland.
En ik ben negen jaar.'
'Mama mia!' roept de gangster.
'Uit Nederland!'
Hij klakt met zijn tong.
'Kent u soms iemand in Nederland?'
vraagt Linda beleefd.
'Dat heeft er niets mee te maken!' brult hij.
'En ik geloof je nog steeds niet!
Wie heeft je verwisseld met mijn Linda?'
Hij komt dreigend naar haar toe.
'Er was geen andere Linda,' zegt Linda zacht.
'En ik zag opa en oma nergens.
Ik zag alleen die mevrouw met het bord.'
Sabo loopt weer rood aan.
'Ja ja, waar "Linda S." op stond.'
'De hostess vroeg of dat bord voor mij was.

En ik zei ja.'
'Ja ja,' zegt Sabo opnieuw.
'Jij heet ook Linda S. Linda hoe?'
'Linda Soete, meneer.'
Sabo laat zijn hoofd zakken.
Dan schiet het weer omhoog.
'Denk je dat ik dat geloof?' brult hij.
Linda heeft zin om heel hard te gillen.
Hier kan ze niet langer tegen.
Maar Sabo wordt opeens weer kalm.
Héél kalm.
'Denk er maar eens over na,' zegt hij.
'Je blijft hier mooi zitten.
Tot je me de waarheid vertelt, voilà!'
'Het is de waarheid,' zegt Linda snikkend.
'Ik wil mijn dochter terug.
Dat hangt alleen van jou af.'
De gangster draait zich om.
Hij slaat de deur dicht.
Dan hoort Linda: knars, knars, knars.
Ze is weer alleen.

9. Snel een mailtje sturen

Linda droogt haar tranen.
Ze luistert aan de deur ... Er is niets te horen.
Zonder geluid te maken sluipt ze naar het bureau.
Heel stil gaat ze zitten.
Ze zet de computer aan.
Die begint zacht te ronken.
Nu kijken of er internet is.
Ja! Dat lukt!
Nog een geluk dat ze vaak mailt.
Het adres van opa en oma kent ze van buiten.
Linda gaat er eens goed voor zitten.
Haar tong steekt uit haar mond.
Het moet een kort bericht worden.
Ze moet zeggen dat ze oké is.
Maar ook dat ze vastzit.
En waar ze haar kunnen vinden.
Maar dat is nu juist het probleem.
Waar is ze?
O, ja.
Sabo woont boven op een rotsplateau.
Hij heeft een dochter.
En die dochter is zoek.
Nee, die uitleg is veel te lang.
Nerveus schudt Linda het hoofd.
Ze moet gewoon mailen dat ze vastzit.

En ze moet Sabo's naam geven.
Dat is alles.
Misschien moet ze ook mailen naar Hanna.
Hanna loste al eens een misdaad op.
Naar wie moet ze het eerst mailen?
Naar oma en opa?
Of naar Hanna?
Of naar beiden tegelijk?
Ja, nogal wiedes.
Ze moet een mail naar beiden tegelijk sturen.
Linda ontploft haast van de schrik.
Haar handen beven.
Ze tikt de namen verkeerd in.
Opnieuw! Snel!
Na de derde keer lukt het.
Dan het bericht:

Ben veilig.
Wel zit ik vast bij Sabo.
Zijn huis staat op een rotsplateau.
Kom me redden!
Linda.

Nu nog op de toets 'zenden' drukken!
Linda dwingt zichzelf om kalm te blijven.
Haar vingers doen het niet meer.
Die toets! Snel dan! Druk erop!

Opeens grijpt iemand haar arm vast.
Nét als ze op de toets wil drukken.
Er is iemand in de kamer.
Linda heeft er niets van gemerkt.
Ze wil niet zien wie het is en sluit haar ogen.
Zo blijft ze zitten.
Haar arm nog steeds in een harde greep.
Ze slikt al haar woorden in.
Zo stil is het nog nooit geweest.

10. De twee Linda's

'Aha! Dat wilde je doen, jij kleine heks!
Naar wie ging je mailen?'
Niet Sabo houdt Linda's arm in een greep.
Het is Zoltan, Oscar, of Beau.
Linda weet niet wie van de drie.
De boze man bukt zich.
De arm van Linda gaat mee.
Ze spartelt tegen, maar de man is te sterk.
Heel vlug zet hij de computer uit. 'Dat mag niet zo,'
protesteert Linda.
'Zo maakt u hem kapot!'
Even vergeet ze de rare toestand.
'U moet met de muis op "start:" klikken!
En daarna ... En dan ...'
'Te laat! Maar toch bedankt!
Voortaan zal ik eraan denken,' spot de man.
Hij sleurt Linda van haar stoel.
'En nu mee!'
'Waarom?' vraagt ze met een klein stemmetje.
'Omdat de baas het wil.'
'Ik weet écht van niets,' zegt Linda nog.
De man houdt haar stevig bij de arm.
Hij duwt haar voor zich uit.
Linda stribbelt tegen.
Ze heeft er meer dan genoeg van.

Die ene croissant was veel te weinig.

Ze heeft honger en is vies.

Verder is ze ook nog doodmoe.

'Hou je maar gedeisd!

De baas wacht op jou.'

De man duwt Linda de lange gang in.

Daarna gaan ze de trappen af en wat kamers door.

Dan komen ze in Sabo's kantoor aan.

'Hier is ze, boss,' zegt de man.

Hij geeft Linda nog een extra duw.

'Ze wou net een mail sturen toen ik binnenkwam.

Dankzij mij is dat mooi niet gelukt.'

'Merci, merci.

Ga nu maar,' beveelt Sabo.

Hij is druk aan het schrijven.

De deur valt dicht.

De helper is weg.

Linda wrijft over haar zere arm.

Sabo is nog steeds aan het schrijven.

Maar Linda merkt de andere Linda meteen op.

Het gangsterkind staat naast het bureau van haar vader.

Ze staat daar met een koppig gezicht.

Toch lijkt ze aardig.

In haar handen houdt ze een grote hoed.

Het is een raar ding.

Met bloemen en pluimen en linten.

Alsof ze hem zelf gemaakt heeft.

Linda Sabo ziet haar ernaar kijken.

'Vind je hem mooi?'

Linda haalt haar schouders op.

'Zelf gemaakt?' vraagt ze.

'Je mag hem passen, hier!'

Maar Linda blijft staan waar ze staat.

Zonder Sabo's teken verzet ze geen voet.

'Een ander keertje.

Ik moet naar mijn oma en opa,' zegt ze luid.

'Hè? Wat?' mompelt Sabo.

Hij houdt even op met schrijven.

'Wat doe jij hier?' vraagt hij.

Zijn stem klinkt wel zachter.

Zeker doordat zijn dochter er is.

Linda vat nieuwe moed.

'Ik wil naar mijn oma en opa.

Die weten niet waar ik ben!'

'Ach ja!'

Sabo slaat met zijn hand tegen zijn voorhoofd.

'Daar heb ik niet meer aan gedacht!'

Linda kan haar oren niet geloven.

'Maar u vond dat het mijn schuld was!' roept ze uit.

'Jouw schuld?

Waar heb je het over?'

'Dat uw dochter ...'

'Jaja, ze is terecht.

Haar vliegtuig kwam twee uur later aan.
En jij? Wat doe jij hier?'
Tijdens dit gesprek zet Linda Sabo haar hoed op.
Daarbij trekt ze een gek gezicht.
'Ze lijkt op mij, papa,' zegt ze.
'We zouden zussen kunnen zijn.'
Ze draait om haar as.
Drie keer achter elkaar.
Linda Soete proest het uit.
Ze kan het niet helpen.
Sabo begint opnieuw te schrijven.
Voor hem is het gesprek voorbij.
Het wordt weer stil.
Daar krijgt Linda Soete de kriebels van.
'Mag ik nu bellen naar mijn opa en oma?'
Sabo houdt weer op met schrijven.
'Nee, hoezo?
En dan zeker zeggen waar je bent?
Daar komt niets van in.'
'Maar ik wil hier weg!' roept Linda weer.
'Daar zorg ik wel voor.
Laat me eerst deze brief verder schrijven,' bromt Sabo.

11. Samen geblinddoekt

Sabo werkt maar door aan zijn brief.
Opnieuw vergeet hij dat er twee Linda's zijn.
Linda Soete gelooft niet dat het een brief is.
Sabo schrijft vast een boek.
Een boek over zijn leven als gangster.
'Wat sta je daar te doen?' vraagt Linda Sabo opeens.
Linda Soete trekt cirkels met haar voet.
Ze vertikt het te praten.
'Kom mee naar mijn kamer,' zegt Linda Sabo weer.
'We kunnen met mijn barbies spelen.
Of we kunnen gaan zwemmen. Hé ja!'
'Dan vergeet jouw vader mij zeker!'
'Nou, en?'
Linda Sabo kruist haar armen.
Ze is geweldig met haar gekke hoed.
Linda Soete zou heel graag willen zwemmen.
Maar dan denkt ze aan haar opa en oma.
Ze wil bij hen zijn en nergens anders.
Linda Sabo komt met grote stappen naar Linda toe.
'Weet je dat ik lessen circus volg?'
Linda Soete staart haar verbaasd aan.
'Ik klim op muren.
En ik maak de Tarzansprong.
Ook glijd ik vanaf tien meter hoogte aan een touw
omlaag.

Ik val nooit.'

'Dan zou je hier ook niet zijn,' mompelt Linda Soete.

'Er is een vangnet, wat dacht je' snuift de andere Linda

'Kom je nu?'

'Nee,' zegt Linda Soete ferm.

'Ik vind je aardig. Echt waar.

Ik wil best, maar het kan niet.'

'Daar begrijp ik niets van.'

'Het is zoals het is.'

Linda Soete staart naar meneer Sabo.

'Misschien kom ik ooit op bezoek.'

'Mooi niet,' zegt Linda Sabo.

'Vriendjes mag ik hier niet vragen.

Daarom ben ik zo blij met jou.

Het kan me niet schelen hoe het komt dat je hier bent.'

'Het spijt me heel erg,' zegt Linda Soete.

Ze geeft Linda Sabo een kus.

In haar oor fluistert ze:

'Vraag aan je papa of ik NU mag gaan.

Daarna schrijven we elkaar brieven.'

'Je begrijpt het nog steeds niet.

Hier komen nooit brieven aan.

Niemand mag weten dat King Sabo hier woont.'

Linda Soete geeft het niet op.

'Natuurlijk kunnen we ook mailen!'

'Zeker niet.

Papa controleert álles.'

'Dan mailen we elkaar naar een geheim adres.'
'Mmm. Dat lijkt me wel iets.'
'Vraag je het hem nu?'
'Vooruit dan maar.'
Langzaam loopt Linda Sabo naar haar vader.
Ze buigt zich met hoed en al naar hem toe.
Dan fluistert ze iets in zijn oor.
Sabo knikt.
Hij staat op uit zijn stoel en verlaat de kamer.

Even later komt de gangster terug.
Hij is met een van de drie mannen.

'Oscar brengt je naar het Centraal Station van Quebec.
Geen woord over je verblijf hier.
Klaar?' dreigt Sabo.
Hij bindt Linda een blinddoek om.
'Mag ik mee, papa?' vraagt zijn dochter.
'Toe papa? Mag het?'
Sabo aarzelt, maar geeft dan toch toe.
'En mag ik ook een blinddoek?'
'Ben je gek!
Wat moet jij met een blinddoek?'
'Toe nou, papa!'
'Vooruit dan maar,' zegt Sabo zuchtend.

12. Eindelijk bij oma en opa

Linda Soete en Linda Sabo zitten naast elkaar in een jeep.

Allebei hebben ze een blinddoek om.

Linda wou dat Hanna haar nu kon zien!

'Je moet wel doen wat papa vraagt,' fluistert Linda Sabo.

'Geen woord over je verbljf bij ons!

'Ik heb nog nooit een vriendin gehad.

Je moet zwijgen voor mij.

Denk je daaraan?'

'Beloofd,' fluistert Linda terug.

Wanneer ze in Quebec zijn, moet de blinddoek af.

Ze stoppen voor het Centraal Station.

Linda Sabo drukt een stuk papier in Linda's hand.

Daar staat het geheime adres op.

'Vergeet me niet!' fluistert ze.

Oscar opent het portier voor Linda Soete.

Een beetje verloren staat ze op het trottoir.

Ze wil afscheid nemen van Linda Sabo.

Maar dat gaat niet, de jeep trekt te snel op.

Nog net ziet ze Linda naar haar wuiven.

De linten van haar hoed slaan heen en weer.

Linda wacht geduldig bij de telefooncel.

Van daaruit heeft ze opa en oma gebeld.

Weldra hoort ze het geluid van sirenes.
Een auto van de politie stopt vlak bij haar.
Oma en opa springen eruit en rennen naar Linda.
'Je bent er! Je bent er!' huilt oma.
Ze drukt Linda stevig in haar armen.
'Waar was je toch, kind? Waar was je?'
Linda gluurt verlegen naar de agent.
Aan de andere Linda heeft ze beloofd te zullen zwijgen.
'Ik ben heel erg verstrooid geweest,' fluistert Linda.
'Er is niets ergs gebeurd.
Mag ik het thuis zeggen?'
De agent bergt zijn schrijfblok op.
Hij neemt afscheid en verdwijnt.

Bij oma en opa thuis geeft Linda de cadeaus af.
Opa en oma kunnen nog steeds niet geloven dat hun
lieve kleinkind er is.
Ze krijgt knuffels bij de vleet.
Daarna smult ze van de cake die oma voor haar gemaakt
heeft.
'En vertel nu je verhaal!' beveelt opa lachend.
Dat doet Linda.
Maar met geen woord rept ze over Linda Sabo.
Of over het huis op het rotsplateau.

Naam: *Linda Soete*
Ik woon met: *papa en mama,*
ik heb geen broers en zussen
Dit doe ik het liefst: *chatten met mijn vriendin Hanna*
Hier heb ik een hekel aan: *stilzitten*
Later word ik: *journaliste*
In de klas zit ik naast: *Hanna*

Het vriendinnetje van Linda Soete, Hanna, beleeft in een ander boek ook een spannend avontuur.
In 'Een nacht op wacht' verdwijnen er dieren uit de dierentuin. Hanna gaat 's nachts op onderzoek uit.

Een nacht op wacht

STICHTING NEDERLANDSE
KINDERJURY
2006

AVI 5

1e druk 2005

ISBN 90.276.6017.4
NUR 282

© 2005 Tekst: Elisabeth Marain
Illustraties: Saskia Halfmouw
Vormgeving: Rob Galema
Uitgeverij Zwijsen B.V. Tilburg

Voor België:
Zwijsen-Infoboek, Meerhout
D/2005/1919/157

Behoudens de in of krachtens de Auteurswet van 1912 gestelde uitzonderingen mag niets uit deze uitgave worden verveelvoudigd, opgeslagen in een geautomatiseerd gegevensbestand, of openbaar gemaakt, in enige vorm of op enige wijze, hetzij elektro-nisch, mechanisch, door fotokopieën, opnamen of enige andere manier, zonder voorafgaande schriftelijke toestemming van de uitgever. Voorzover het maken van reprografi-sche verveelvoudigingen uit deze uitgave is toegestaan op grond van artikel 16 h Auteurswet 1912 dient men de daarvoor wettelijk ver-schuldigde vergoedingen te voldoen aan de Stichting Reprorecht (Postbus 3060, 2130 KB Hoofddorp, www.reprorecht.nl). Voor het overnemen van gedeelte(n) uit deze uitgave in bloem-lezingen, readers en andere compilatiewerken (artikel 16 Auteurswet 1912) kan men zich wenden tot de Stichting PRO (Stichting Publicatie- en Reproductierechten Organisatie, Postbus 3060, 2130 KB Hoofddorp, www.cedar.nl/pro).